あっちこっち痛い私に転機

きっかけはハーブ!?

桜 きなこ

文芸社

まえがき

私は横浜で主人と娘の三人で居酒屋を営み、今年で二十六年目を迎えます。

四十八歳からの十年間に幾つもの病いに侵され、痛みと闘いながら仕事を続け、地獄のような体験をしてしまいました。

あきらめることなく、色々チャレンジし、二年前より、今日《こんにち》の元気を取り戻しました。

もし、私のように病と闘いながら、絶望的になっておられる人がいましたら、この苦しみを乗り越えた者がいることを励みに思っていただき、自分は治るという前提でそのために何をするかを見極め、治ったときに何をしたいか、目標と希望を持って生きることにチャレンジしてください。

そして、健康のため栄養、運動、休養の大切さを知り、実行していただけたらと思い、筆を執りました。

目次

●私が病気治療でお世話になった病院、医院他●

（地名、病院名は差し障りがありますので、アルファベット順につけました。頭文字ではありません。科は私の通院した科だけを書きました）

A病院　整形外科、精神科

B病院　リハビリ科

C医院　胃腸科

D病院　内科、泌尿器科

E病院　心療内科

F病院　内科、婦人科、泌尿器科
　　　ヒフ科、整形外科

G産婦人科医院　産婦人科

H医院　内科、理学療法科
I医院　MRI
接骨院、針灸院、整体院
漢方薬
健康食品
その他

一　病気のスタート

お正月が明け、松飾りも取れた一月半ばのある日のこと、いつもより早く目が覚めました。時間は朝の五時です。夜の睡眠時間はいつも四時間ですが、今日は三時間しか眠れませんでした。この他昼寝を三十分程します。

昨日の寝る前まで何ともなかった首が痛くて動かせません。寝違えた痛みと違う痛みでした。

座っていても、立っていても、歩いていても、とにかく上半身を起こしていると痛いのです。

首の横にぐりぐりしたものがあり、頭の重さがぐりぐりにのしかかり痛みます。

ぐりぐりを押しながら首を動かしてみると痛くないのです。ずっと押しているわけにもいかず、痛みから解放される時がありませんでした。頭がおかしくなりそうで、気分もいらいらしていました。頭をスッポリとはずしたいくらいの困った痛みでした。

針灸院まで主人に車で送ってもらうことにしました。私はペーパードライバーになってしまったため、徒歩で行ける距離以外は、いつも送り迎えを頼んでいました。

下着一枚を身につけ、背中を上に向けてバスタオルをかけて、ベッドに横になり、頭から足まで電子針を打ってもらいました。針にお灸がついていたみたいで、体じゅうがポカポカと温かく、とても気持ちよくなりました。

二月のことです。体は温まるととても気持ちいいのですが、痛さは消えませんでした。週に一度ずつ通い、五月になりました。行きだけ歩いて行くことにし、帰りは迎えにきてもらいました。

歩いて針灸院に着くと運動のせいか、体が温まり、汗をかいてしまいます。お灸の温かさと、陽気の暖かさも重なり、お灸を不快に感じるようになりました。

私は、

「なかなか治りませんね」

と言ってみました。先生も、

「もうそろそろ治ってもいい頃だねー」

と言いました。

結局、四か月くらいかよって、治らないままやめてしまいました。

枕が首にあわないのか、といろいろ買って試してみました。

そばがら、ひのきチップ、パンヤ、磁石入り、ビーズ、中央のくぼんだ枕等を使ってみました。いろいろ使った結果、枕には関係のないことがわかりました。

毎日痛さに苦しみ、我慢する日が続きました。丸一年苦しみ、自然に治りました。

四十八歳にして初めての変な痛みの体験でした。いったいなんだったのか、わかりません。今までで一番いやな痛さでした。

子どもの頃を振り返ってみると、病気はあまりしませんでしたが、よく怪我をしました。

学校の机の角に目をぶつけて、うわまぶたの中を切ったらしく、同級生に「血がでている」と言われ、学校を早退して、眼科に行き、家に帰ると、私が眼帯をしているので、親がびっくりしてしまいました。

耳の中に小さな虫が入り、暴れて、ものすごく痛くて泣いたのを覚えています。あまりの痛さにもがき苦しみ、泣き叫んでいました。母が、マッチ棒の先に綿を巻き付けて食用油を含ませ、耳の中に一滴垂らしていたみたいでした。虫の羽根が油で濡れて動かなくなり、痛みが治《おさ》まりました。

食器をお盆にのせ運ぶ途中に、ガスストーブのホースに足をひっかけ、転んでしまいました。起き上がると、割箸が鼻と目頭の間に刺さり、くっついていました。自分で、箸を引っ張って抜きました。傷口は小さかったのですが、とても痛くて眼科に行きました。十八歳ぐらいの時の勤務先の会社の食堂で起きたことです。眼帯をして帰ったため、また、両親に心配をかけてしまいました。

今は両親はいませんが、よく怪我をすることは変わっていませんので、家族に心配をかけてしまいます。

例えば朝、起きると首を寝違えていたり、目がゴロゴロ痛かったり、涙がポロポロ出て、鼻が赤くなり、誰が見ても泣いているようで、人前に出られなくなってしまいます。

背中が痛い、腰が痛い等、皆、朝の起床したときになっていましたので、朝がくるのが毎日恐くなりました。

この他にも、起床時以外の怪我もありました。庭の草花で顔や手がかぶれたり、接着剤のふたをあけたとたんに、水状のものがサーっと流れでてきて指についてしまいました。急いでふいても、洗ってもおちませんでした。ベンジンや塗料用うすめ液もなかったので、そのままにしていました。

そのうちに指の指紋が消えて、皮がつっぱり、ごわごわにかたくなり、割れ目ができてしまい、薬をつけてもなかなか治りませんでした。

指の指紋が消えると皮に弾力がなくなり、あかぎれのように割れて、とても痛みました。

痛さも一年続き、指紋ができるのも同じくらいかかってしまいました。手を使う仕事のためとても困りました。

その後、接着剤のふたをあけるのが恐くなり、ゴム手袋をはめてあけることにしました。今度はゴム手袋が指に接着されてしまいました。

瞬間接着剤はふたをあけただけで出てくるので、困ります。私だけがこんなふうになってしまうのかもしれませんが……。

まつ毛がよく目に入ります。若い頃は鏡を見て自分で取れましたが、今は老眼のため見えませんし、老眼鏡をかけると、眼鏡が邪魔で目にさわることが出来ません。

まつ毛でもゴミでも、入ったら、最悪です。洗眼しても目薬をさしても取れません。眼科に行って取ってもらうしかありません。

五十代半ばを過ぎたある日の朝、目が覚めた時、目が痛いようなかゆいような感じがして手でこすってしまいました。

痛くて痛くて、目を洗ったり、目薬をさしたりしましたが、治りません。

開院時間を待って、眼科まで送ってもらいました。八ミリの長さの毛が四本入っている、と言われました。私もびっくりしてしまいました。

前日に前髪をちょっとだけ、短く切りました。ほんの一分間くらいの時間で切ったので、切ったことすら忘れていました。

そのときの前髪が四本も入っていたなんて驚いてしまいました。

眼球に傷をつけてしまい、抗生物質の目薬をもらって四日くらい使っているうちに、治りました。

まだまだ怪我をしましたが、大人になってからの怪我は五十歳を過ぎてからの怪我ばかりです。

以前はあまり病気をしなかったのですが、次から次へと病気をするようになったのは、四十八歳からで、いろいろな病気の症状が続き怪我と病気の両方で毎日のように病院へ行くようになってしまいました。

飲食店を家業としていますと、体調を悪くしても、よほどの重症でない限り、「休ませてください」と言って休むわけにはいきません。

自営業の厳しいところでもあります。もっとも、私のような病弱な者は、よそでは働けないことは、わかっています。

二　四十肩から五十肩へ

四十九歳のときのこと。夏のまっさかりの八月、いつものように夕方の五時開店に向け準備をしていました。まもなく開店し、二時間ぐらい経った頃、焼酎ボトルを取ろうと、棚に手をあげた瞬間、腕のつけ根に激痛が走り、あまりの痛さに仕事どころではなくなってしまいました。

一階が店舗で二階が住居でした。ビニール袋に氷を入れて、二階に上がり、肩を冷やしながら様子をみることにしました。

「痛い。痛い。痛い」

あまりの痛さにじっとしていられず、部屋じゅうをぐるぐる、ぐるぐると動きまわり、涙と鼻水で顔をぐしゃぐしゃにして、もがき苦しんでいました。

主人がときどき様子を見にきてくれました。ビニール袋に氷をいっぱい詰めて、持ってきてくれました。

肩の表面は冷たくなって麻痺した状態なのに、痛みはずっと続いていました。

「どうしてこんなに痛いの、痛ーい。もう、いや。痛いなー」と誰もいない部屋で、しゃべり続けていました。あまり歩きまわったので、足がくたびれて、しゃがみこんでしまいました。「痛い！」と思わず叫びました。手首から指先が、畳にさわっただけで痛いのです。座高より腕が長いことに初めて気づき、厨房に向かって、お風呂用の椅子を取ってくれるように大きな声で怒鳴りました。厨房の換気扇の音がうるさく、大きな声を出さないと、聞こえません。また痛みのため、私自身の苛立ちもあって怒鳴ってしまいました。それでも誰も、私が苛立って怒鳴ったと思っていませんでした。すぐに取ってくれました。さっそく座って腕をだらりと垂らしてみると、指先が畳に触るか触らないかのスレスレでした。「あーよかった」

五分ぐらいすると、またじっとしていられなくなり、動き出しました。「早く、何とかしてよ、痛いよー」と、動いたり、座ったり、何回も繰り返していました。

明日《あした》、病院に行って注射を打ってもらうまで、今夜は我慢するしかないと覚悟を決めていました。

午前零時、やっとお店の仕事が終わりました。これから食事の時間です。私は食べられる状態ではなかったのですが、一階に下りて行き、皆の食べている横をウロウロしていました。主人に「今日は我慢するしかないな」と言われ、私も「わかってる」と答え、寝る前に氷を足してもらいました。

私が朝まで起きていることを知っているため、主人も安眠できなかったようです。毎日の寝不足に加えてまた迷惑をかけてしまいました。

だんだん外が明るくなってきました。もう少しの我慢と言いきかせ、時計を見ると、まだ五時でした。時間が長く感じられました。

「一番に診察してもらおう。さて、どこに行こうか」と、考えました。

そういえば病院ではないけれど、接骨院が開院したのを思い出しました。

一晩中寝れなかったのと涙で、目がはれぼったくなってしまいました。

こんな顔を誰にも見られたくない。接骨院は九時からで、まだ、周りの商店は閉まっている。今のうちに、と急いで接骨院へ向かいました。知人に会わずに着きました。

早速、肩を痛めた経過を話しました。先生は、

「首が曲がっている。両腕の長さも違うね。足の長さも違うね」

と言いました。

痛い右手を前に出し、手首を上にまげて、先生の手のひらと私の手のひらを合わせて、押すように言われました。その通り押してみました。

痛くて痛くて、涙が溜まってしまいました。何もしなくても痛いのに、こんなことしたら痛いに決まっている、と思いながら我慢していました。

先生は、

「体が歪《ゆが》んでいるので少しずつ治していきましょう」

私は、

「はい、ありがとうございました」

と言って終わり、会計を済ませ、急いで接骨院をとび出しました。

こんなはずではなかったのに、やっと痛みから解放されると期待していたのに。自分で後悔してしまいました。

急いで家に向かいながら、「接骨院が悪いんじゃない。私の選択がまちがっていたんだ。痛み止めの注射もない。薬もない。レントゲンも撮らない。接骨院とは、そういう所なのに自分がわからなかったのだから」と思いながら、家に着きました。

主人が「どうだった」と言いかけたと同時に「病院。病院」と乱暴な口調になってしまいました。主人は何があったのか理解できないような顔をしていました。

とにかく車で病院まで送ってもらうことにしました。

車中で、

「やっぱり、痛みを消すには病院じゃなくちゃ無理よ。注射や薬がないんだから」

と説明すると主人も納得してくれました。

昔の診察券があったA病院の整形外科に行き、昨夜、肩を痛めたときから今日の朝の接骨院までのことを話しました。

先生は、

「あー、こういうときは、いじってはいけないんだよねー。そういう患者さんが多いんだよー」

と言いました。私は途方に暮れてしまいました。

まずレントゲン室に行き、順番を待って、レントゲンを撮り、フィルムが出来上がってくるのを待ちました。

しばらく待って診察室に呼ばれました。結果がわかりました。先生は、

「四十肩だね。両腕に米粒大の石灰沈着がひとつずつあって、胸骨がところどころ白くなっている」とのことでした。

「胸骨が白いとどうなんですか」

「白いのは骨が死んでいるんだよ。老化だな、老化は治らないよ」

と言われました。四十九歳で老人なんだと思い、ショックでガクッときてしまいました。

「石灰沈着ってなんですか」

と、聞いてみました。

「骨の芽のような、軟骨のような、最初は乳状でドロドロしていて、放っておくと固まってしまって、原因はわからない。体質的なもので、自然に治るものもあれば、治らないも

のもある」

と言われました。

肩の痛みだけ治療することになりました。肩に注射をしてもらい、帰りました。週に一本ずつ、全部で五本注射を打ちました。

注射をした日はいいのですが、翌日になると痛くなり、結局、治りませんでした。

リハビリを勧められ、別の病院を紹介され、先生は紹介状を書いてくれました。

後日、紹介されたB病院に行きました。B病院の外来に週に一回、リハビリに週に二回、通院することになりました。

肩のレントゲンを八枚くらい撮りました。A病院と同じように、週に注射を一本ずつ、五回しました。やっぱり、治りませんでした。

痛み止めの薬と、胃薬を二週間分ずつもらって、とりあえず、飲むことにしました。以前痛み止めの薬を飲んで胃を悪くした経験があるので、今度の薬も胃が悪くなるかもしれません。

リハビリは理学療法の先生とマンツーマンで、肩から腕を前につき出したり、引っこめたりの肩関節の動きをよくする運動と左右の肩甲骨を寄せ合わせる運動等、サポートしてもらいながらの訓練でした。リハビリは、痛くてつらい連続でした。

リハビリに来ている患者さんがいつも多く、待ち時間が長くかかってしまいます。

リハビリの待合所の椅子に横に寝たり、歩いたり、とても辛そうな女性の患者さんがいました。

話しかけてみると、背中が痛くて座れないと言っていました。脊髄《せきずい》の中に何かできていて治らないそうです。私も治らないと言われた箇所がありますが、もっと大変だと思いました。

診察の予約日なので外来に行きました。肩のレントゲンを撮り、フィルムを見て関節の周囲に三角形の袋状のものがあるそうです。これは人間全員にあると先生が言っていました。私のは普通の人より小さいと言われました。

専門的なことは説明を受けてもよくわかりませんでした。

小さいと関節の動きが悪いようです。診察が終わり、二週間分の薬をもらって帰りました。

ひと月ぐらい飲み続けたころに、胸やけと食欲不振になってしまいました。胃薬も飲んでいましたが、やっぱり、駄目《だめ》でした。

もう薬はもらっても飲まないことにしました。それでも薬は二週間ごとにもらっていましたから、家に薬がいっぱい溜まってしまい、本当はもったいないので言えばいいのですが、言えませんでした。

半年以上、通い続け、まだ肩が痛いので、首のレントゲンを撮ることになりました。先生はフィルムを見ながら、

「少し、首からもきている」

と、言いました。

首と肩はそれぞれ先生が違います。少し首からの痛みもあるようですが、肩だけ治療をしました。首の説明は聞いていません。

三　またも両腕に

仕事の分担は、私と娘がおもに厨房で調理し、主人はカウンターでお刺身類などを作ります。飲み物や料理を運ぶのは三人でやっていました。私の肩が痛くなってからは力仕事が一切出来なくなり、フライパンも持てない状態になってしまいました。運び専門の仕事をすることしか出来ないのですが、瓶ビールや日本酒の栓があけられなくて、とても不自由でした。

主人や娘に栓をあけてもらい、それから運んでいました。常連のお客さんには栓を抜かないまま持って行き、自分であけてもらった事もあります。

リハビリに数か月通った頃、右肩も治らないうちに左肩も痛くなってしまいました。リハビリの先生に「片方ずつなる人はいるけれど両方いっぺんになる人は珍しい」と言われてしまいました。

反対の左肩にも負担がかかってしまったようです。それでも、お店では何もなかったように振舞っていましたから、気づく人はあまりいませんでした。

もし私の体調が悪いことが、わかってしまったら「マスター、奥さんを大事にしないと駄目だよ」と、主人が悪者のように言われてしまいます。そう言われているのを何回も聞きました。

そんなときは厨房から客室へ、何もなかったように、作り笑顔で出て行くと、今まで喋《しゃべ》っていたお客さんが黙ってしまいます。

多分「なんだ、たいしたことないのか」と思っていたでしょう。

心配していただくのは、ありがたいのですが、主人も私も、そう言われるのが、嫌なのです。

リハビリと外来の予約日で病院へ行きました。名前を呼ばれて、待合所から内廊下で待ちました。私は肩専門にかかっています。

首専門の病室から、先生の話が聞こえてきました。「頸椎《けいつい》ヘルニアは治らないよ。対症療法しかなくて、一生のうちに痛みとか、しびれとか出てくるかもしれないが、出てこなければしあわせ。出てきたら不運ということだね。出るか出ないかは個人差もあるし、わからない」と言われている患者さんがいました。

自分が言われているような気持ちになり、大変な病気だと知りました。これから私の首も、もっと悪くなる可能性があります。

私と同じ年齢ぐらいの女性の患者さんが、病室から出てきました。

思わずその方に「私も同じ頸椎ヘルニアよ」と声をかけそうになりました。私はこれから診察ですので、話せませんでした。

五十三歳の夏にお店から車で十分ぐらいのところに新築していた家が出来あがり、住まいだけ引越ししました。お店の定休日以外は休まず毎日少しずつ荷物を運んでいました。荷物の片づけは毎日少しずつ出来て三か月ぐらいで終りました。これからしばらくの間、庭仕事をすることになります。

庭にハーブ類や果実の木や花等を植えました。昼間は毎日、ガーデニングに励んでいました。

秋も深まったちょっと寒い日でした。

今日も肩がとても痛みます。以前A病院でレントゲンを撮り、石灰沈着があると言われたことを思い出し、石灰沈着のせいで痛いのかと思い、A医院へ行きました。前に行ったときと違う先生でした。

「石灰沈着はそんなに出来るもんじゃない」

と言われて、診察は終わりました。何をしに行ったのかわかりませんでした。

半年後、足の親指のつけ根が赤く腫《は》れて痛く何も出来ない状態になり、もう我慢出来なくなって、同じ病院へ行きました。

血液を採り、痛風の検査と外反母趾かもしれないと、レントゲンも撮りました。結果は石灰沈着でした。まだ初期の状態だったので、赤く腫れた部分に注射をしてくれました。これは、すぐに治りました。

うれしい反面、石灰沈着はあっちこっちに出来るという証明になってしまい、不安が残りました。

同じ病院でも先生によって診断が違うことも、身にしみてわかりました。

手の指とか足の指の石灰沈着は腫れるのでわかりますが、首や腕や背中はわからないので初期の段階で治療するのは難しく、手遅れになると固まってしまうので治らなくなってしまいます。

何年か前に、首のぐりぐりがあったのも石灰沈着かもしれません。

四　三つめの変な初体験の痛み

肩はどんどん悪くなり、自分の腕の重さで肩関節が半分はずれた状態になってしまいました。関節のまわりの筋肉が衰《おとろ》えて、骨を囲む肉がなくなり、ゆるくなってしまったそうです。脱臼《だっきゅう》したことがないので、脱臼の痛さと同じか違うかはわかりません。

この感覚は口で説明するのが難しく、なかなかうまく言えません。

痛みとムズムズとモヤモヤが混ざりあった、変な痛みでした。体験した人でないとわからないと思います。

困った痛みがもうひとつ出てきました。自分でも他人でも、物を落としそうなとき、私がつまずいて転びそうになったとき、誰かが転びそうになったり、何かにぶつかりそうな光景を見たとき等アッと声を出すと、肩にズキーンと痛みがきて、しばらく動けなくなってしまいます。

転んだ後や物を落とした後ならば見ても痛くないのです。自分ではもの凄く気をつけていましたが、自分以外の人のすることまで防げません。そのために何回も痛い目に遭いました。

もちろん人ごみのところは恐くて大変でした。スーパーや電車等では、何かにぶつかったり、触ったりしないように片手でガードしていました。

ぶつかった事もあります。「痛い！」と、大きな声を出して、しゃがみこんでしまいます。口もきけないほどで、黙って痛みの引けるのを待ちます。

ちょうど虫歯の神経を突っついたように、痛みに余韻が残ります。

首のぐりぐりと肩関節のゆるみの痛み、ビクッとした時の痛みと三つの変な痛みの初体験をしてしまいました。

リハビリも一年ぐらい通い、痛みは治っていませんが、腕が上にあがるようになり、自宅トレーニングでいいことになりました。半年ぐらい自宅トレーニングをした頃に背中の痛みが出てきたので、お店を手伝っている娘が産まれたときのF病院の整形外科で首と肩と背中を診てもらいました。

首の牽引《けんいん》をするように言われてリハビリ室に行きました。しばらくの間、リハビリに通うように言われました。

いつも患者さんがいっぱいで長時間かかってしまいます。仕事をしている私は毎日リハビリに行けません。

痛くて我慢できなくなったときに、リハビリでなく、診察に行きました。

先生に、

「何だ、これしかリハビリに来ていないのか、これじゃだめだ」

とカルテを見られ、言われてしまいました。

すぐに私は、

「背中に石灰沈着って出来ますか」

と聞いてみました。すると、

「石灰沈着は、初期に治療しないとだめ。時間が経ってしまったら治療法はない」

と言われて、追い返されるようにカルテをよこされました。

結局、何の治療法もないまま帰ってくるしかありませんでした。

Ａ病院の先生がＦ病院の整形外科にいい先生がいると言っていましたが、曜日ごとに先生が変わりますし、名前もわかりませんでした。

知人から「石灰沈着って、ものすごく、痛いんですってね」と言われました。私は、すかさず、

「あっ石灰沈着って知っているの」

と聞き、知人は、

「知り合いに石灰沈着があって、ものすごく痛いと言っていたの、義姉だけど」

と言っていました。

私も自分がなるまで石灰沈着という言葉さえ知りませんでした。

同じ病気の人がいると、情報交換が出来るのになかなかいません。

毎年、季節の変わり目に、とくに秋ですが、体調を崩してしまいます。一番先に胃を悪くしてしまいます。

夏の暑いときに冷たい飲み物をガブガブ飲んでいました。とくに厨房は暑く、四十度ぐらいになります。喉がかわき、氷水とか麦茶をガブガブ飲んでいました。

毎年のことなのであとで胃を悪くするのもわかっていました。薬でも胃を悪くしていましたから、病院には何回も通いました。

お客さんから胃カメラの苦痛がまったくなくて、気持ちが悪くならない医院があると教えてもらい、胃腸科専門のC医院へ行きました。胃カメラを撮りました。

痛みもなく、気持ち悪くもなりませんでした。知らないうちに終わってしまいました。

フィルムを見ながら、詳しく説明してくれて、評判通りの医院でした。結果は胃炎でした。しばらく薬を飲み、治りました。

まだ首と肩と背中の痛みは、続いています。治らないと言われたわけですから我慢しかないのですが、初めて整体治療に行ってみました。

指圧みたいでした。頭から足まで痛い箇所がいくつもありました。悪いと痛いそうです。

とくに膀胱系が悪いと言われました。うつ伏せに寝ていたので喋れなかったのですが、膀胱炎を繰り返していたので当たりです。

血液の循環が良くなって、ポカポカしてきました。二十回ぐらい通いやめました。

残念ながら痛みは治りませんでした。痛みのために眠れない日々が続き、免疫力が低下していろいろな病気の症状が出てきました。

五十肩による腕、肩、背中の痛み、しびれ、食欲不振、寝不足、イライラ、便秘、膀胱炎、風邪……とみんな重なってしまいました。

もう我慢の限界です。とにかく眠りたい。睡眠薬でも何でもいい、眠れればと勇気を出してA病院の精神科へ行くことにしました。

五十代半ばのこの歳まで睡眠薬を飲むことに抵抗があり、精神科へ行くことも勇気がありませんでした。

初診は年輩の先生で、再診は若い女医さんでした。

病気の症状を話し、ついでに「仮面うつ病ですか?」と聞いてみました。

先生は「違う」とおっしゃいましたが、病名は教えてくれません。

私は「とにかく眠りたいんです」と言い、先生は「お薬二週間分出しておきますから」と処方してくれました。

薬は精神安定剤でした。二週間分全部飲み終わりましたが体調はひとつも改善されず、辛い日が続いていました。

薬をもらいに病院へ行き、先生に話しました。

先生は「お薬二週間分出しておきますから」と前回と同じように言いました。

同病院内の薬局に行き薬の説明を受け、精神安定剤の量が増えているのがわかりました。

〝この薬は私には効かないのでは？〟という不安を抱えながら二週間飲み続けました。

やっぱり良くならず、また眠ることも出来ませんでした。

薬の副作用で昼間でも頭がボーッとして何もやる気が出ない、フラフラする、眠れない等、精神安定剤は私には合いませんでした。もう薬は飲まないことにしたので病院に行くこともなくなりました。

病気の症状は悪くて、限界に達していましたが、何も治療をしないで我慢している日が続きました。

何日か経ち、食欲がまったくなくなってしまいました。胃の痛みや吐き気等はありません。食欲だけが無いので、わりと辛さはありませんでした。

仕事も普段どおりやっていました。ちょっと立っているのが辛いぐらいでした。

食欲がなくなって三日経ちました。牛乳やジュースも受けつけません。少しだけ水を飲んでいました。水分不足かもしれません。

家にいると何ともなく、お店に行くと具合が悪くなります。考えてみると家では立ったり座ったりしますが、お店では長いときは八時間ぐらい立ちっぱなしになります。

お店の開店時間になりました。三十分が過ぎ、立っていることが辛く、すぐにしゃがみこんで、

「ねえ、立っているとき、どこに力を入れて立っていたっけ?」

と主人に聞きました。

何も答えてくれず、無言でした。そういえば私だって元気なときは、そんなこと考えたこともありませんでした。今は、おなかに力を入れないと立っていられないのです。

おなかが筋肉痛になってしまいました。どうしてこんな変なことが起きるのか、考えました。

「そうだ」原因がわかりました。三日も何も食べていないので、食欲はなくてもおなかが

すいていることが原因でした。牛乳とジュースをひと口ずつ試しに飲んでみました。胃や胸まで痛くなりました。体重も三キロ減っていました。

食欲のない状態が一週間続きました。それでもお店に行って、仕事をするつもりでしたから、いつものようにお店へ行き、まもなく開店しました。

おなかが筋肉痛で、おなかに力が入りません。そのため立つことが出来ませんでした。出したのれんを店内に入れ、開店時間を遅らせることにして、娘に留守番を頼み、何時に帰ってこられるかわかりませんが、主人にA病院まで急患として連れていってもらいました。

急患担当は若い先生でした。私は、

「一週間食欲がなくて何も食べていません。立てないので、とりあえず、栄養剤を点滴してもらえますか?」

と、聞いてみました。

いつもの外来の診察室と違う急患専用の診察室で採った血液を検査室まで看護婦さんが持って行き、検査に出していました。喉がかわき、水がある自動販売機を捜しましたが、ジュースしかなく、看護婦さんに頼んで、診察室の水をもらいました。コップで二十杯くらい飲みました。主人もびっくりしていましたが、私自身もびっくりしました。どうしてこんなに水を飲んだのか、わかりません。緊張していたためかもしれません。

看護婦さんに面倒をかけてしまいました。

三十分くらい経ってようやく検査の結果がわかりました。

「血液中の栄養分が、これ以上なくなるとだめになるという倍あります。だから点滴は出来ません」

と言われました。

要するに死ぬ一歩手前にならないと、点滴はしないということでした。

そういわれれば牛乳もジュースも、飲めるかどうか、ひと口ずつ飲んだのが栄養になったのかもしれないと思いました。

大きな病院は、患者さんが多いので、規準も厳しいのかなと思いました。

点滴をしてもらえなければ、他の病院へ行くしかありません。

五　検査入院

数年前、下痢が三日間続いたときに、Ｄ病院で点滴をしたことがあります。そのＤ病院に行きました。夜の七時ぐらいでした。主人は、私を置いてお店に帰りました。

時間外ですから廊下も消灯され、静かで誰もいない部屋で、二時間ほど点滴をしてもらいました。

少し元気になりました。その日のうちに、検査入院をすすめられました。

平成九年の暮れも押しせまった十二月二十二日でした。

消化器系の患者さんばかりの六人部屋で、ちょうどベッドがひとつ空いていました。

点滴を終えたその日の夜から入院することになったので、主人に電話をしなければなりません。

具合いが悪くての入院は初めてでドキドキしました。入院することが決まったので、必要なものを翌日の面会のときに、持ってきてくれるように、電話しました。眠れないまま夜があけてしまいました。六時ごろになると、入院している患者さんたちが起き出します。

入院して二日目の朝になりました。今日は、明日の胃カメラの検査があるので胃をからっぽにするため三度の食事はありません。

ずっと食事はしていないので、何日食べていないのかわからなくなってしまいました。体重を量ってみたら、八キロ減って四十一キロになっていました。

点滴をしているので、やせたわりには元気がありました。

同じ部屋の患者さん達は私の年齢に近い人が多く、病気の話や世間話をして、仲良くなりました。

私は夏以外は水分をあまり摂っていませんでした。あまり水分を摂ると胃液がうすまって胃に負担がかかる、と何かで読んだか聞いた記憶があって控えていたぐらいです。夏だけは別です。

大腸潰瘍の人も水分をあまり摂らなかったそうで、私と同じだと思いました。

夜の九時消灯は毎日午前二時ごろ寝ていた私にはあまりに早すぎて眠れませんでした。

時間潰しのために、あまり行きたくないトイレに、十回くらい行きました。

テレビも見飽きて、体も痛くなってきました。少し動くことにしました。

廊下を熊のように行ったりきたり、何回も繰り返していました。

午前一時ごろでしたから、看護婦さんが、ナースステーションから出てきて、

「どうしたんですか？」

私は、

「眠れないんです」

と言いました。

「じゃあ、お話ししましょう」

と、休憩所の椅子に座り、世間話をして、三十分間つきあってくれました。

若くて優しい看護婦さんに感心してしまいました。

部屋に戻り、ベッドに横になりました。眠った感じはしなかったのですが、いつのまに

か少しうとうとしたみたいでした。

外がだんだん明るくなってきました。入院して三日目の朝になりました。今日は胃カメラの検査日です。

十年以上前にここの病院で二回、胃カメラを撮りました。二回ともカメラを動かすたびにおなかに力が入ってしまい、気持ち悪くなってしまいました。

前日から食べていませんので、何も出なかったのですが、ゲーゲーとなってしまいました。その都度、二度と胃カメラは撮りたくないと思っていましたが、今回も撮ることになってしまいました。

朝の八時三十分に名前を呼ばれて、病室から胃カメラの検査室へ行きました。三十代ぐらいの若い女性の先生でした。後《のち》に私の担当医にもなりました。

今回も、以前、胃カメラを二回撮ったときと同じようにおなかに力が入ってしまい、「力を抜いて」と、何回も言われてしまいました。

ベッドの横に血のまざった唾液が、チューブから瓶《びん》に流れて行くのが見えました。自分のものでも気持ちのいいものではありませんでした。

できればＣ医院のように知らないうちに終わってしまうと、おなかに力が入らずに気持ち悪くもならないで済んだのですが。病院によって違うのは仕方のないことだとわかっていますが……。やっと胃カメラが終わりました。

胃カメラを撮った翌日に大腸カメラの検査があります。そのため胃カメラを撮り終わっても今日も食事は、三食ともありません。食事がない日は何もすることがなく、退屈してしまいます。

娘が面会のときに退屈だったらクロスワードパズルをするようにと、パズルの本を二冊持ってきてくれましたが、体調が悪いため、自分の病気の症状に耐えるのが精いっぱいでした。

大腸カメラも、ここの病院で十五年くらい前に、一回撮りました。結果は異常なしでした。

六　大腸カメラで大泣き

一夜あけて入院四日目になり、ついに、苦手な大腸カメラの検査日がきてしまいました。痔の持ち主なので恥ずかしいのです。でも、そんなことは言っていられません。

度胸を決めて検査室へ行きました。ベッドに横向きに寝て、肛門からカメラが入り、下行結腸から横行結腸に行くところで、ストップしてしまいました。

私は「痛ーい」と大きな声で叫びました。また押しました。「痛い」また力を入れて押しました。何回も押しましたが、いくら押しても入って行きません。

先生は、

「おなか手術したことありますか」

と聞き、私が、

「ありません」

と答えるとまた押しました。あまりの痛さに泣きながら、

「痛ーい、痛ーい」

と叫んでいました。

心の中ではこんなに痛がっているのになんで無理矢理押すのかと、怒鳴りたいくらいの痛さでした。

先生も怒った口調で「明日、大腸のレントゲンを撮ります」と言って大腸カメラは終わりました。

病室に戻って、どうしてこんなことになったのか考えました。

思い出しました。十年以上前に便秘ぎみで、ウサギの糞のような豆粒大のコロコロした便しか出なくて診察に行きました。

そのときも大腸カメラを撮るようにすすめられましたが、大腸のレントゲンにしてもらいました。

レントゲンにして正解でした。大腸カメラだったら腸管の中しかわかりません。

結果は、横行結腸が垂れ下がり、直腸が細くなっていることがわかりました。先生に、

「垂れ下がったところに溜まりやすく、細くなったところは、出にくい」

と言われました。

それでウサギの糞みたいに豆粒大の便しか出なかったのか、と思いました。

結局、治しようがなく、そのまんま十年以上経ちました。横行結腸が垂れ下がって、ヘアピン状になっているのを、忘れていました。そこにカメラがつっかえ、ストップしてしまったんだと気がつき、もっと早く思い出していれば、こんなに痛い目に遭わずに済んだのにと、悔やんでしまいました。

何しろ十年以上前のことですから、すっかり忘れていました。

昔のカルテが今のカルテについていないのと先生もまだ若く、当時はここの病院にまだいませんでした。

腸に穴があいたり傷がついたりしたら大変だったと、あとから考えても恐くなりました。

当時、食物で気をつけるしかないと思っていましたがよくわかりませんでした。

胃には消化のよい物を、腸には消化が悪くても食物繊維のある物をと、矛盾していました。

どっちを選ぶか考え、便が出るほうが良いと思い、消化が悪くても食物繊維のある食品を多く食べるようにしました。

そのせいかどうかわかりませんが、いつも胃を悪くしていて胃薬の絶えたことがありませんでした。

夜になるとおなかの右側だけが熱くなり、ゴロゴロ鳴り出します。

朝や昼間は消えたりします。入院する少し前から出てきた症状で、主人は知っていますが、あとは誰にも言いませんでした。

相変らず背中が痛くて仰向けに寝られません。ベッドでテレビをつけて、イヤホーンで聴いていました。有料テレビのうえ毎日八時間つけているので、バカになりません。眠らないうちに朝になってしまいました。あとレントゲンを撮れば検査は終りです。

入院五日目になり、初めてお昼の食事が出る予定です。半月ぐらいのあいだに、体重が九キロ減って四十キロになってしまいました。

外来の診察が始まる前に、大腸のレントゲンを撮りに行きました。バリウムは主人などは嫌がりますが、私はそれよりもっと辛いことをいろいろ体験しましたので平気で飲めます。

レントゲンは無事に終わりました。これで検査も全部終わり、ホッとしました。

お昼から食事が出ました。五分がゆですが、どろどろしていて食べるというより飲む感じでした。おかずはほとんど味がないか、うす味でした。

私はもともとうす味が好きなのですが、それでも食べにくかったです。

野菜は全部加熱してありました。大根おろしや千切りキャベツ等も加熱してあり、しょうゆがありませんでした。煮物も素材が限られているため、同じような料理が、何回も出ました。

消化器系の患者さんは皆同じでした。今度、胃を悪くしたときには、野菜も全部加熱して味付けをうすくしようと勉強になりました。早く元気になって、退院したくって、栄養がつくように、と我慢して食べました。他の患者さんたちは残している人が多くいました。

十分ぐらいすると胃がヒリヒリしてきました。自分でもわかるくらい、口臭がひどくなります。薬を飲んでも治りませんでした。食後は、いつも同じ状態になります。

同室の人たちに、風邪をひいた人が多くなりました。私はまだひいていません。

夜になり、またおなかのゴロゴロが鳴り出しました。夜の回診のとき、看護婦さんに話してみました。

聴診器をおなかに当てて、

「活発ですね」

と笑いながら言っていました。私も笑いながら、

「夜になると始まるんです」

と、言いました。看護婦さんが先生に、この症状のことをちゃんと伝えてくれるか不安でした。

退院していった患者さんのベッドが空き、新しい患者さんが入院してきました。

以前から外来にきていたようで、大腸カメラを撮ったみたいでした。

初めて担当の先生が病室に入ってきました。先生は、新しく入院してきた患者さんに、

「〇〇さん、昨日の大腸カメラ、よく撮れていましたよ。模範生。本当にきれいに写って

いたわよ」

と、まるで私に当てつけているように聞こえました。

隣のベッドの人でした。私は急いで横に向き、布団を顔までかけて「私だってあのヘアピン状がなかったらちゃんと撮れていたし、好きでこうなったんじゃないのに。その証拠に、一回目の大腸カメラはちゃんと撮れていたじゃない」と、自分を慰めていました。

お正月が近くなってきたので、退院する人が増えてきました。

私は毎日、頑張って食事をしていました。食後は胃が痛くなるのが続いていましたが、我慢しながら食べた甲斐があって、食欲があると判断されて、退院してもいいことになりました。

十二月の三十日に、退院が決まりました。お正月を家で過ごせるうれしさと、まだ胃腸の具合が悪くて不安なのとが入り混っていました。

看護婦さんから「先生が退院する前にご主人にお話がありますから」と言われました。

毎日、主人と娘が家からお店に向かう途中に面会に来てくれていたので伝えました。

そういえば大腸カメラもレントゲンも胃カメラも、フイルムも見ていないし、何の説明も受けていませんでした。多分その説明だろうと思っていました。

まだ胃腸の調子も背中の痛みも治っていないので、お正月があけたら、どこの病院へ行こうか考えました。

背中の痛みのせいで仰向けに寝られないので、一番先に治ってほしいのです。

胃がヒリヒリしているのやおなかのゴロゴロや、食欲不振よりも、とにかく眠りたい。

寝不足が何年も続き、今みたいになってしまったので、眠り薬がほしいのです。

A病院の精神科にはもう行かないことだけは決めていましたが、どこに行くかはまだ決めていません。薬を多くくれるところは抵抗があります。

私が入院している間、主人が、お店のお客さんに、「ママさん、どうしたの?」とか、「おかみさん、どうしたの?」と、聞かれたそうです。「今、検査入院しているから、何の病気かわからない」と言っても、検査入院にしては長すぎるので信じてもらえなかったみたいです。

重病になってしまった、と誤解されてしまいました。

主人だって私がなんの病気か知りませんし、私だって病名はわかりません。

ちょうど息子が転勤で、初めて親元から離れて茨城県に行くことと重なり、「寂しくて病気になったんだよ」とお客さんや親戚の人に言われました。

私は何年も前から体調を崩していましたから、息子の転勤とは関係ないのです。元を正せば四十肩から始まり、頸椎ヘルニアが原因で、腕のしびれや肩、背中の痛みで眠れず、睡眠不足が続き、抵抗力がなくなって、もろもろの症状が出てきたわけですから、「どこが悪いの」とか「何の病気」と聞かれても答えられなくて、憶測されてしまいました。頸椎ヘルニアは治らないと先生に言われましたから、この状態が一生続くかもしれません。

七　退院

十二月三十日になり、やっと退院できます。退院する前に先生から主人に話があるので、主人一人で迎えにきてくれました。

先生の話を私も一緒に聞きに、ナースステーションに行きました。

担当医の先生は、

「奥さんはおなかに血が溜まると言って、幻覚症状が起きています」

と言いました。私はすぐに、

「違います。おなかが熱くなって、ゴロゴロ鳴ると言ったのです」

と言い返しました。先生は黙ってしまいました。

私もこの年齢になって初めての体験ですから、体験した人でないとわからないと思いますが、前に看護婦さんに話したときに、先生にうまく伝わるか心配していました。

もしかしたら、頭が変に思われるかもしれないと思っていました。案の定、変に伝わってしまったみたいです。

それで検査の結果も説明も何も言ってくれなかったのか、今日もその説明はなかったのです。

主人には、毎日の面会のときに、おなかがゴロゴロすると言ってありましたが、びっくりしてしまいました。私もそんなふうに思われていたのかと、怒るよりおかしくなってしまいました。

「食欲はありますね。きれいに食べていましたから」

と言われました。

実は、食欲はあまりありませんでした。食後は胃が痛み、味のない料理も食欲が出ないけれど、早く退院したくって我慢して食べていたのが、食欲があると判断され、おかしくて笑いをこらえるのが精一杯で、何も言えませんでした。

しばらく沈黙が続き、話題を変えて、

「先生、今度E病院の心療内科に行きたいのですが、紹介状を書いてもらえますか」

と、聞きました。先生に、

「E病院は心療内科はないんじゃない」

と言われて、

「いいえ、あります。前に調べたことありますから」

と、お願いして、紹介状を書いてもらいました。

なぜE病院に決めたかというと、心療内科があって、通い続けるのに一番近い病院だったからです。それ以外の情報は何もわかりませんでした。

退院手続きをして、D病院を退院しました。八日ぶりに自宅に帰りました。お店も、翌日の三十一日の大晦日からお正月休みです。

退院した翌日から風邪で熱を出してしまいました。

どうせなら入院中にひいてしまえば診察してもらえたのに、と残念に思いました。

三十八度の熱が出て、薬を探しましたが家になく、病院も薬局もみんな正月休みでした。体のふしぶしが痛くても、我慢して、お正月中寝ているしかありませんでした。

お正月が明けて、E病院の心療内科へ紹介状を持って行きました。

私は先生に、

「頸椎ヘルニアになっていて、腕のしびれや背中の痛みで眠れなくて、体のあっちこっちが痛いんです」

と相談しました。

二十枚くらいの問診表があって、記入するように言われました。

先生は、ひととおり目を通していましたが、何も言ってくれません。

私は自分から、「不安症ですか」と聞いてみました。先生は「そうだね」と言ったきりでしたので、「眠りたいんですけど、睡眠薬、いただけますか」とお願いして、先生も、「今は昔と違ってくせにならずいい薬があるから、寝る前に一錠だけ飲めばいいから」と、誘眠剤をくれました。

とりあえず二週間分もらい、帰りました。寝る前に毎日一錠ずつ飲み続けたら、精神安定剤よりいいみたいでした。

薬を飲んでも仰向けに寝てしまうと、痛くて目が覚めます。しびれでも目が覚めます。朝まで横を向いたまま寝られれば薬の効力と重なり、四時間は眠れます。肩甲骨の回りを触ると痛く、仰向けに寝ると自分の体の重さで押されて、もっと痛くなります。仮に、四時間以上寝られた場合は、一日中、背中が痛くて大変です。私には四時間が一番いいみたいで、自然に目が覚めます。

痛いときはいくら誘眠剤を飲んでも眠れません。

薬局に栄養剤を買いに行きました。総合ビタミン剤を買うことに決めていたのですが、薬剤師さんに、

「普通の生活をしている人はビタミン剤は飲まないほうがいいですよ」

と言われました。

私は、

「今まで普通の食事が食べられなかったり、入院していたので体の栄養状態が悪いと思うんですが……」

と言いました。

「ビタミン剤は脂溶性と水溶性があって、摂りすぎるとビタミン過剰症になることがあるので飲まなくていいと思いますよ」

と、また言われました。

元気のない私は、

「普通の生活をしていなかったので大丈夫だと思います」

と、どうしても買うつもりでいました。

薬剤師さんも、困り果てたように考えていました。

「それでは小児用のビタミン剤なら副作用も少ないのでいいと思います」

とアドバイスを受け、小児用ビタミン剤を買って帰りました。

結局、買ってきた小児用ビタミン剤は薬剤師さんから言われたことが気になり、飲みませんでした。

栄養のことはわかりませんでしたが、とにかく食べることが栄養になると思い、食欲不振でも頑張って食べることにしました。

毎日の通院の忙しさと、何とか体力をつけようと思い、腹筋運動をして胃下垂を治そうと思いました。

ところが腹筋運動をしたつもりが腹筋運動になっていませんでした。

仰向けに寝て、手を使わずに起きる。これだけですが二十回くらいしました。腰が痛みだし、しばらくすれば治ると思っていましたが、どんどん痛くなり、鍛えるどころかかえって悪くしたみたいでした。

腹筋を鍛えるつもりでやったことが腹筋を使わず、仰向けに寝るときの反動で起きていたので何の役にも立ちませんでした。

もともと軽い腰椎間板ヘルニアがあったのを知らずに運動してしまいました。

以前リハビリにあまり通わなくて怒られたF病院に行きました。

あれからだいぶ年月が経っているので先生も変わっていました。

腰のレントゲンを撮り、結果は腰椎間板ヘルニアで、軟骨がつぶれていることがわかりました。「軟骨がつぶれたのは、治らないよ」と先生に言われてしまいました。治療法もありませんでした。

首も腰もヘルニアで両方とも治らない病気になってしまいました。

一生、痛みやしびれに苦しんで闘っていかなければなりません。

手術は出来ないみたいでした。それだけ難しいようです。

免疫力の低下以外に更年期障害もあるように思いました。同病院の婦人科へ行きました。

腋の下の毛が全部抜けてしまいました。これは抜けて好都合でした。

下半身の毛も半分くらい抜けてしまい、きっと、ホルモンの関係だと思いましたが恥ずかしくて言えず、体調の悪いことだけ言いました。

先生に、

「体調の悪いのが何年も続いているのは更年期障害ではない。ホルモンの減少に慣れないのは一年間くらいだけ」

と言われました。

骨密度をはかってくれました。すごくいいとほめられました。

帰りに、「これを飲めば元気になる」と薬を処方してくれましたが、何の薬か聞いてくるのを忘れてしまい、結局、飲むことができませんでした。

三日後に風邪で同じ病院の内科に行きました。薬を四日分もらってきました。薬は全部飲み終わりましたが、風邪はまだ治っていないのでまた、薬をもらいに診察に行きました。

相変わらず混んでいます。診察は二、三分で終わりますが、全部終わるのに四時間くらいかかってしまいます。

主人は仕入れからお店に帰り、仕入れたものを整理してから家に帰ってくるため、ここの病院へは送ってもらうことができません。

歩いて行くにはちょっと距離がありますが、仕方なく歩いて行きました。しばらく待ってやっと診察室に呼ばれました。ベッドに横になり、おなかを出すように言われました。

おなかの周りに発疹ができていました。私も気がつきませんでした。

先生は「帯状疱疹かなー」と考えていたようです。

帯状疱疹は、免疫力が低下すると誰でもなると言っていました。

「一度ヒフ科へ行ってごらん」と言われました。

ヒフ科は二階にあります。階段を昇りながら、「帯状疱疹ではなく、風邪薬の副作用じゃないのかなー」と思っていました。それに「ヒフ科に行く必要もないのでは?」と思っているうちにヒフ科へ着きました。先生は、

「これは内科だなー」

と言いました。

私は、

「今、内科からヒフ科に行くように言われたんですけど」

「やっぱり、内科だよ」

と先生に言われ、どっちに行けばいいのかわからず、また順番を待つのに時間がかかるので、このまま帰ってきました。

治療はしませんでしたが、十日くらいで自然に治りました。

八　慢性膀胱炎

季節が冬から春に変わり、庭の花の植替えをしなくては、寂しい状態になってしまいました。

外は、まだ寒さが少し残っていました。三時間くらい庭の手入れをしていました。

体調がほんの少し変に感じられました。この感じからすると膀胱炎のなり始めです。

膀胱炎には二十回程なっているので、直感でわかります。回を重ねるごとに重症になってしまいました。

膀胱に少しでも尿が溜まると痛いため、早く治療をしないと、短時間のうちにトイレからまったく出られなくなってしまいます。もちろん、何も出来ませんし、食事も食べられないくらい痛みます。

困ったことに、だんだん効く薬がなくなってきました。薬局の薬でも病院で処方してもらった薬でも飲んでみないと効くか効かないか、わかりません。効く薬に出会うまで、時間がかかってしまうときもあり、本当に困ります。

こんなに何回も繰り返しかかると、どういうときになるのかわかってきました。夏に海水浴へ行った帰り、プールに行った帰り、庭の手入れを二時間以上したとき、トイレを我慢したとき、水分補給が足りないとき、お風呂のお湯を沸かし直して入ったとき等に今まで、なっていました。

どうも、体の中を冷やしたときになっていたように思います。いくら厚着をしても、使い捨てカイロを使っていても、体の中から温めないと駄目でした。

急いでF病院の泌尿器科へ行き、薬をもらって帰り、朝、昼と様子をみました。何も変化なく、痛くて大変です。

お店に行く時間になってしまいました。とりあえずお店に行き、お店に行ってから考えることにしました。

お店から歩いてD病院の泌尿器科へ行きました。尿の検査をしました。大腸菌は検出されず出血もしていませんでした。こんなことは初めてです。

先生は、

「慢性になると症状だけが出ることもあります」

と言って、

「慢性は漢方薬じゃないと駄目かなー。とりあえず薬を出しておくから様子をみて」

と抗生物質の薬をくれました。

お店に帰り、急いで薬を飲みました。時間が経つにつれ、少しずつ痛みが弱くなってきたように感じられ、うれしくなりました。

この薬が効かなければ、漢方薬にしようと思っていましたが、その必要もなくなり、十日ぐらい飲んで治りました。

E病院の心療内科へ一年以上通院しましたが、まだ治っていません。冬のある日、誘眠剤をもらいに行きました。月に一回行っていました。

家から、車で二十五分くらいかかるので、主人が先に行って、受付に診察券を出して帰ってきます。九時頃に病院に連れて行ってもらいます。おかげで待たずに早く順番がきます。帰りに迎えをたのみますので、E病院へ行く日は、主人は三往復してしまいます。アッシー君で申しわけないと思っていますが、この通院方法しかありません。

Ｅ病院の心療内科の先生は、いつまでも私が痛みのために眠れないので、

「整形外科の先生は、何と言ってるの、治しに行ってるんでしょう。そうしたら治らなかったらおかしいでしょう。私の知っている助教授がいるので、手紙を書いてあげるから持って行きなさい」

と、機嫌が悪そうでした。

私も「はい」と言ったものの、前に頸椎ヘルニアは治らないと言われているので困ってしまいましたが、このことを言えばまた怒られると思い、手紙をもらって帰りました。

Ａ病院の整形外科に行き、受付に手紙と診察券を出しました。手紙は封がしてありましたから、何て書いてあったかわかりません。

しばらく待って名前を呼ばれ、助教授に会いました。手紙を読んでいる途中に顔を上げ、私をじろりと見て、また読んでいました。

「この病気はね、治らないんだよ。私だって片方しか向いて寝られないんだよ」

と言われました。

「あー、そうですか」

とそれしか言えませんでした。これで助教授の診察は終わりました。

いつもの担当の先生に呼ばれました。

「私の治療法が気に入らなければ、こなくていいんだよ」

と言われて、私は、

「そんなこと言わないでください。E病院の先生は自分のいる病院でなく、ここの整形外科は、いいと言っていましたから、だからここにきているんです」

と反論しました。

すると診察をしてくれて、帰りに薬を処方してくれました。薬局に行って薬をもらって帰りました。

心療内科で怒られ、助教授に怒られ、整形外科の担当の先生にも怒られ、先生も患者さんがいっぱいで、時間に追われて、ストレスが溜まっているのかもしれない、と思いました。

お店のお客さんと病気の話になりました。健康食品の一種で、家族中で飲んでそのせいかどうかわかりませんが、体調がよくなったそうです。

私も具合が悪いことを話したら、「奥さんも試してみる?」と言われました。

私も試しに飲んでみようと思いました。会員でないと買えないそうでお客さんに買ってもらうことにしました。


続けて病気になりだしてから八年のあいだに、あっちこっちの病院のいろいろな科から処方してもらった薬が重なり、一日に十種類以上の薬を飲むことになってしまったときもあり、薬漬けの状態になっていました。


病気や健康にいいと言われる物は、何でも試してみたくなりました。

健康食品なら副作用も少ないと思い、価格が高価でしたが治りたい一心でしばらく飲み続けました。


十か月ぐらい飲んだと思います。また膀胱炎になってしまいました。

膀胱炎には効かなかったため、飲むのをやめ効く薬に替えようと、今度は漢方薬を飲んでみることにしました。薬局へ行き、薬剤師さんに膀胱炎の薬を調合してもらいました。

「果物は体を冷やすから食べちゃ駄目だよ。私はひとつも果物は食べないけれど、ちゃんと生きている」

と、七十歳代の薬剤師さんは元気そうに、薬草を採りに山へ登ると言っていました。

帰り際に、もしかしたら効かないかもしれないよと言われ、ガクッとしました。

四日分もらってみんな飲みましたが、効きませんでした。

この地域で古くから開院しているG産婦人科医院に行きました。昔、行ったことがありますが、もう何年も行っていませんでした。

建物もビルに変わり、先生も、息子さんのような人と二人いました。

尿検査の結果、出血していました。お尻に注射をしました。効き目が早く、その日から効きました。三日続けて注射してもらい、完全に治りました。

健康食品のコマーシャルで、テレビに体の関節の痛みが消えたという人たちが映っていました。

私も好奇心旺盛なほうで、本当に治るかどうか試してみたくなりました。

高価なので迷いましたが、主人に相談してみました。

「それで治れば、安いもんだよ」

と、そのひと言で買って試してみることにしました。

注文した商品が届きました。健康食品の一種で、以前飲んだ健康食品と違います。

毎日飲み続けましたが、まだよくも悪くも特別変わったところはありません。

栄養成分を見てみましたら、栄養的にはいいものでした。

私は、毎日この健康食品と同じ栄養成分の動物性たんぱく質を摂っていました。

たんぱく質の摂りすぎではないかと思うようになり、高価なこともありやめることにしました。

平成十一年一月に、自宅から歩いて十五分ぐらいのところに、H医院があるのに気づきました。家の裏の方角にあまり行ったことがなかったのでわかりませんでした。

内科と理学療法科で整形外科はありませんでしたが、自分で歩いて行けるのでH医院へ行ってみました。

先生はザックバランでおもしろくて、感じのいい人でした。

肩と背中が痛いのですが、と背中を向けると、

「ここだろう」

と押され、

「痛い」

と、大きな声で言ってしまいました。皆、笑っていました。

先生は、

「私も肩が痛いんだよ、だから痛いところがわかるんだよ。注射をしてくれって、他の先生に頼んでも、いやだって、やってくれないんだよ」

と言って、看護婦さんも、私も笑ってしまいました。

「おもしろい先生」

と私が言うと、

「俺はまじめにやっているんだよ。みんなは恐いと言うけどね」

と言って、またみんなで笑いました。

私は今まで何人もの先生に怒られましたが、ここの先生は、人情味のある先生に感じられました。

肩に注射をしてもらいました。ＭＲＩを専門に撮っているところの地図をくれて、撮ったフィルムをもらってくるように言われました。

病院のような、研究所のようなところで、東京都の町田市まで行ってきました。仮にＩ医院とします。首のＭＲＩを撮り、フィルムをもらって帰りました。

次回、Ｈ医院に行くときに、フィルムを持って行きました。やっぱり頸椎ヘルニアでした。それに頸骨の状態が肩こりしやすいと言われました。

しばらく理学療法に通うことにしました。首の牽引と背中にホットパック、肩に低周波治療を、そしてマッサージと、一年くらい続けました。結局、あまり変わりませんでした。

頸椎ヘルニアと腰椎間板ヘルニアで骨密度がいいなんて、変な状態だと思いました。

今までに数多くの病院に通っても回復せず、いろいろなものを試してみましたが治りませんでした。治らないと言われたのはこういうことなのかと、落ちこんでしまいました。本当に毎日苦しい思いをしてきました。

主人に、

「おまえも毎日こんなに苦しむのなら、死にたいと思うだろう」

と言われました。

私は、

「死にたくはないけれど、死んだら楽になるだろうなー」

と言いました。

でも、まだ死にたくない、これからもいろいろチャレンジしていくしかない、という気持ちです。

痛み止め、風邪、膀胱炎等の薬を飲むと副作用で発疹が出たり、胃を悪くしてしまいます。薬を飲んだほうがいいのか悪いのか、わからなくなってしまいました。

どっちにしても、いつも病気の状態でした。こうなったら体質改善しかないと思うようになりました。

九　転機の訪れ

庭のハーブも育ち、いろいろ摘みました。さてハーブを何に使おうかと考え、専門書や雑誌、テレビ、新聞、インターネット等でいろいろ調べました。

料理以外の使いみちで、お茶やポプリ、入浴剤、その他に薬用として使われています。とくに効能があるものに興味を持ち、お茶を作って飲みました。自分の庭で採れたハーブの種類では足りず、自分の症状に合ったハーブを取り寄せて、ブレンド茶を作り、平成十二年の一月から、毎日飲みました。

一月に膀胱炎になってしまいました。二月も三月も膀胱炎になりました。その都度、病院に走り、大変痛い思いをしてしまいました。

私独自のブレンド茶は続けて飲んで、三か月が過ぎました。

四月になり、また膀胱炎になるのかと、毎日、不安な日々を送っていました。

「膀胱炎にかかってから治す対症療法しかないのかなー。かからないようにするには、どうしたらいいのか」毎日考えていました。

四月が過ぎました。四月は、膀胱炎にかかりませんでした。少しうれしくなりました。五月も六月もかかりませんでした。もしかして私のブレンド茶が効いたのかもしれないと思いました。まだ、半信半疑ですが……。

庭で採れたブルーベリー、ラズベリー、ブラックベリー、スグリ等、それぞれの量は少ないのでみんな一緒に、去年から漬けていました。ミックスベリー酒が出来ました。その他、シソ酒、ビワの葉酒、ハイビスカス酒、カリン酒、ユズ酒等いろいろ作りました。私はもともと、アルコールに弱いので、毎日寝る前に、おちょこ一杯くらいを、お湯で割って飲んでいました。その時の体調に合わせて、喉が痛いときはカリン酒。胃の調子がよくないときはペパーミント酒。または、シソ酒。ビタミンA、C補給にハイビスカス酒。関節痛等の痛みや、疲労回復にはビワの葉酒。風邪予防、美容にゆず酒、便秘予防にはミックスベリー酒等、そのときの体調に合わせて飲んでいました。

お酒ですから昼間は飲みません。ブレンド茶は朝から飲んでいました。

ハーブや健康茶を飲み始めてから半年ぐらい経ち、気がつきました。

「お父さん、そういえば私、この頃、痛い。痛いと以前みたいに言わなくなったよねー。風邪もひかなくなったし、ひいても一日くらいですぐ治るし、しびれも少なくなったし、もしかしたら、ブレンド茶が効いたのかもしれない」

主人も「そういえばそうだなー」と言いました。誘眠剤も毎日飲まなくてもよくなり、肩こりもなくなり、食欲も出てきました。

お茶がいいのなら食べ物でも同じじゃないかと、食品にも興味が出てきました。何に、どんな栄養があって、それが何にいいのか、いろいろ調べまくりました。今までこれほど栄養のことを考えたことはありませんでした。

主人は仕入れのため、朝の六時に家を出ていきます。娘夫婦とは二世帯住宅で、一緒に住んでいますが、食事は別々です。

私は一人では面倒で、朝食を食べていませんでした。

調理しなくても、簡単に食べられるものは何か、長く続けるには、簡単に出来るものでないと無理と思っていましたから、まず条件を出してみました。

一　簡単であること。
二　栄養のバランスがいいこと。
三　薬でなく、食品であること。
四　毎日続けられる素材が常にあること。

以上の条件を、基本に考えて、私独自の朝食のメニューを決めました。

これは私独自のものですので、皆さんが試すときは、参考書や専門書で調べるなり、医師に相談の上で、ハーブ茶や健康茶を選んでください。食物は、栄養のバランスが良くなるように考えて食べるといいでしょう。

十　超簡単朝食メニュー

さてここでは私の考えた超簡単朝食メニューを紹介しましょう。

①干しぶどう入り食パン　一切れ（またはトースト一枚）
②プレーンヨーグルト　四分の一パック
③きな粉　大さじ一杯
④すり黒ゴマ　小さじ一杯
⑤野菜等三十種類の粉末　小さじ一杯
⑥ハチミツ　適量
⑦ブレンド茶　カップ一杯

③から⑥まではパンに塗ったりヨーグルトに入れて利用します。

ブレンド茶は独自にブレンドしたもので、ビワの葉茶、ヨモギ茶、ベニ花茶、ペパーミント茶、ハト麦茶等をブレンドして、飲んでいました。

●ビワの葉茶成分＝アミクダリン、リンゴ酸、クエン酸、サポニン、デキストリン、他
●よもぎ茶成分＝カロチン、カルシウム、ビタミンA、B_1、B_2、食物繊維、他
●べに花茶成分＝ビタミンE、カロチン、アミノ酸
●ペパーミント茶成分＝メントール、他
●ハト麦茶成分＝たんぱく質、鉄分、他

ブレンド茶の効能は、私のいろいろな症状に合うものを選びました。

胃腸虚弱、血液の浄化、疲労回復、筋肉痛、神経痛、冷え性、血行促進、風邪予防、婦人病、滋養強壮、他。

この簡単な朝食メニューで、各種のビタミン類やミネラル類が摂れます。

多くの栄養素を、少量ずつ毎日摂り続けることが大切です。三日坊主にならないように、面倒がらずに、自分の健康のためにバランスのいい食事を心掛けていました。

朝食のメニューの栄養素の働き

○カルシウム　骨や歯の構成成分。細胞の興奮。血液の凝固に関わる。

不足すると…　骨や歯の強度低下。骨粗鬆症。（たんぱく質、ビタミンDといっしょに摂る）

○マグネシウム　酵素作用の活性化。骨の弾性維持。細胞のカリウム濃度調節。

不足すると…　成人病になると不足しやすい。腎機能低下で摂取制限が必要。（カルシウムの二分の一を摂る）

○カリウム　細胞の活性、浸透圧の維持。

不足すると…　腎機能が低下すると摂取制限が必要。（ナトリウムの二分の一を摂る）

○亜鉛　酵素やインスリンの構成成分。核酸、たんぱく質合成。

不足すると…　味覚障害。老化。ヒフ炎。

○銅　鉄の吸収。活性酸素の分解。酵素の構成成分。

不足すると…　貧血症。骨接。（鉄と一諸に摂取）

○鉄　血液中のヘモグロビンの構成成分。全身に酸素を運ぶ。

不足すると…　貧血。（たんぱく質・ビタミンCをいっしょに摂る）

○リン
不足すると…　骨の構成成分。生体のエネルギー代謝に必要な成分。
腎機能が低下すると摂取制限が必要。

○ナトリウム
不足すると…　細胞外液の浸透圧維持。糖の吸収。
疲労感。低血圧。（過剰症―むくみ。高血圧）（カリウム、食物繊維を摂る）

○ヨウ素
不足すると…　甲状腺ホルモンを作る原料。新陳代謝の調節。
不足しても、過剰に摂りすぎても、甲状腺障害。

○マンガン
不足すると…　骨の形成に役立つ。疲労回復。
疲れやすい。平衡感覚の低下。

○ビミタンA
不足すると…　体内でレチノールに変換。細菌感染予防。ヒフ、粘膜を正常に保つ。
細菌に対する抵抗力の低下。ヒフのかさつき。（脂肪といっしょに摂る）

○ビタミンB_1
不足すると…　糖質の代謝に必要な成分。
脚気。

○ビタミンB_2
不足すると…　ほとんどの栄養素の代謝に必要。白内障の予防。
口内炎。成長障害。

○ビタミンC

不足すると…　壊血病。

コラーゲンの生成。カルシウムの吸収に必要。

○ビタミンE

不足すると…　不妊。

血液の循環をよくする。抗酸化作用。

○ビタミンK

不足すると…　骨粗鬆症。

血液の凝固。骨量維持に必要な成分。

○ビタミンB_6

不足すると…　皮フ炎。

アミノ酸の代謝に必要な成分。神経の機能を保つ。

○葉酸

不足すると…　貧血。

アミノ酸の代謝。ヘモグロビンの合成に必要な成分。

○パントテン酸

不足すると…　末梢神経障害。成長障害。

糖質、脂質の代謝に必要な成分。

○ナイアシン

不足すると…　ヒフの荒れ。

各種の代謝に必要な成分。

野菜等の三十種類の粉末の野菜名と予防等の働きを書きました。

小松菜……歯のトラブル、肌のトラブル、貧血

黒豆……ポリフェノール（抗酸化作用、抗炎抗菌、抗ウィルス、抗発ガン）作用、糖尿病予防、利尿、その他

ニラ……冷え性、風邪、整腸、健胃

パセリ……血液浄化、食中毒予防、ガン予防

ニガウリ……脂肪の燃焼、血流促進、ストレス、解熱

モロヘイヤ……コレステロール低下、ガン予防、整腸、その他

シソ葉……解熱、健胃、食欲不振、発汗

葉大根……血行促進、食欲増進、抗アレルギー、健胃

ニンジン……細胞の分裂を正常化、高血圧、その他

カボチャ……老化防止、利尿、ガン予防、冷え性

大根……粘膜強化、二日酔い、整腸作用、その他

ゴボウ……免疫力強化、便秘、血液浄化、糖尿病

生姜…………便秘、高血圧、ガン予防、食欲不振、冷え性
トウガラシ……血液浄化、美肌、その他
マイタケ………整腸作用、肥満防止、血栓症、疲労回復
シイタケ………コレステロール低下、中性脂肪、肌荒れ、免疫力強化
大麦……………整腸作用、乳汁分泌促進
ヒジキ…………整腸作用、骨の強化、高血圧
昆布……………血液浄化、免疫力強化、高血圧、ガン予防
レモンバーム…発汗、不眠、消化不良
柿………………老化防止、ポリフェノール作用、高血圧
ニンニク………肝臓強化、ガン予防、糖尿病、血行促進、眼病
サツマイモ……便秘、大腸ガン、風邪予防、シミ
ワカメ…………動脈硬化、高血圧、便秘、糖尿病
柚子……………疲労回復、美容、抗ウィルス、殺菌作用、血行促進
シメジ…………便秘、動脈硬化、ガン、高脂血症、コレステロール低下

オクラ………整腸、疲労、便秘、夏バテ予防
玄米…………疲労回復、便秘、老化防止
ペパーミント…消化不良、発汗促進、不眠
黒ゴマ………動脈硬化、老化防止

以上が私の朝食で摂れる、ヨーグルトや野菜、その他の食品の栄養と働きです。まだまだ、ブドウパンの干しブドウの栄養や、ハチミツの栄養の働き等、書ききれないほどあります。

いろいろな栄養があり、摂りすぎにみえるかもしれませんが少量ですし、朝食だけのメニューです。朝食を抜くよりいいと思って食べています。

この朝食とブレンド茶を始めてからまもなく、二年半になりますが、以後、膀胱炎にもかからなくなりました。風邪も、以前は一年に何度もひいていたのが、今では、ひかなくなりました。たとえひいてもすぐ治ります。

喉が痛いときはハーブのセージを煎じて冷やし、うがいを何回もすることで、喉の塗り薬も使わなくなってしまいました。

治らないと言われた頸椎ヘルニアや腰椎間板ヘルニアの頑固な痛みやしびれも、骨は治りませんが症状が軽減され、免疫力が高くなり、自然治癒力がついてきました。

手足の指の体操で血液の循環も良くなり、五十八歳までの十年間にいろいろ苦しんできたのが嘘のように元気になりました。

昼食、夕食にも栄養のバランスに気を配るようになり、とくに、キノコ類、海藻類、豆類は、毎日一回は摂るように心掛け、他の野菜はとくに気をつけなくても食べる習慣がつき、毎日続けています。

お店のお客さんが、会社の健康診断で脂肪肝や高脂血症と言われた人、糖尿病や高血圧の生活習慣病の人、予備軍の人、以前の私のように、一年に何回も風邪をひく人達が多くいます。少しでも体に良い食物を食べて頂こうと、お店のメニューに健康料理を増やしました。しかし、野菜が嫌いでまったく食べない人。揚げ物が好きで高カロリーの物ばかり食べる人。カロリー制限されている病気の人が、どんな料理が高カロリーなのかわからず、高カロリーの料理ばかりを注文します。またわかっている人も我慢できずに高カロリーの料理を食べます。お刺身や焼き魚、やきとり類等、たんぱく質やプリン体の多い物ばかりを注文する人もいます。その人は痛風だと言っていました。

私が栄養の勉強をしたために、忠告したくなりますが、言える人と言えない人がいます。

また、せっかく気分よくお酒を飲んでいるお客さんに水を差すようなことは言えません。お客さん同士で健康の話や病気の話をしているのをよく耳にします。

ある人が、

「好きな物を食べていればいいんだよ。体がほしい物を自然に要求するんだから」

と言っていました。

人間は好きな物ばかりを食べると、偏った食生活になってしまいます。

私も仲間に入って話をしたくなりますが、我慢します。

若い独身男性の常連さんは私の息子のように思え、野菜を食べるように勧めたり、お酒を飲みすぎないように注意してしまいます。生活習慣病にかかっていましたが、あとで体調がよくなり、喜んでくれました。

店にとってはお酒の売上げが減ることになりますが、体を壊してドクターストップされるよりいいと思い、忠告してしまいます。

若い人でも、生活習慣病になっている人や予備軍の人がいます。偏った食生活を何年も続けると、生活習慣病のもとになってしまいます。まだ、病気の症状が出ていないときから、気をつけるといいと思います。

最近、私の顔色がよくなったことや、元気そうにみえて大勢の人から、「顔色いいね」とか、「元気そうになったね」と言われるようになりました。

私も説明するのですが、ここまでくるのに長い年月がかかり、また仕事の合い間に、ひと言では説明できません。

体調の悪いお客さんや、持病のあるお客さんは、私がどうして元気になったのか、と聞かれます。

以前はいつも顔色が悪く、体調も良くありませんでした。化粧をする気分にもなれず、健康そうには見えませんでした。今は体調も良くなり、自分の経験を生かし、食生活改善推進員の勉強をするようになりました。

私が実行していることはバランスのよい栄養を摂り、糖分、塩分、カロリー、脂肪に気をつけていることです。さらに冷え性なので体を冷やす物は控えます。

あとは、軽い筋力体操をします。一番大事なことは、毎日続けることです。

食生活改善推進員の講習会で知った某体操は、外に出られない時にも、雨や雪が降っても出来、何よりお年寄りや誰にでも出来るという点が魅力で、実行しています。

歳をとって、寝たきりにならないためのソフトな筋力体操です。

現在、病気中の人、予備軍の人、また健康な人、栄養のバランスのいい食事を心掛けて食べましょう。

栄養がある食品というと、ステーキやとんかつ等の高カロリーな食品を想像する人がいますが、低カロリーでも栄養の多い食品もあります。

パセリ、しそ、黒豆、黒ごま、ひじき、モロヘイヤ等は比較的栄養成分の多い食品といえると思います。ただし、いくら体にいい食物や栄養豊富な食物でも食べ過ぎには注意しましょう。

食物で病気の予防の手助けや症状が改善されれば、こんなにいいことはないと思います。

もちろん、運動も休養も大切です。休養のなかには睡眠も含まれます。

最近になって文部省、厚生省、農林水産省の三省による食生活指針が策定されて、食塩や脂肪は控えめに、朝食もきちっと食べ、一日、三十品目の食品、三五〇グラムの野菜を食することを勧めています。これにより、バランスのいい食事を摂ることができます。

最近私たちと親しい知人が、五か月の間に二人もガンになり、闘病中です。

「元気になって」と祈る気持ちでいっぱいです。私も今はとても元気になりましたが、この先いつかガンになってしまったら、と考えることがあります。あの平成九年のもの凄く免疫力が落ちたときにガンの芽ができてしまっているかもしれません。免疫力が落ちることは、とても恐いことです。

そのためとても食事には気をつけますし、健康に無関心ではいられません。

もっと早く、健康や栄養に気をつけていればよかったのに、と思っています。

私が健康や栄養の話をしていると、「生き生きとしている」と、お客さんに言われます。

私自身、お客さんから生き甲斐をいただいている事に結びつき、感謝する所存でございます。

あとがき

私が苦しんだ十年間を振り返ると、四十肩から五十肩。石灰沈着、頸椎ヘルニア、腰椎間板ヘルニア等による肩、首、背中、腰、足等の痛み、痺れ、慢性膀胱炎、慢性胃炎、食欲不振、更年期障害、痛みによる睡眠不足、大腸の垂れ下がりや直腸が細くなってしまったことによる便秘、風邪等、十年間にわたり、次々と病気の軍団が押し寄せてきました。

治らないと宣告された病気がいくつもありましたが、そのまま我慢するのが耐えられず病院を転々と変える事になってしまった時期もありました。

一時は絶望的になりましたが、親切な先生に巡りあえたとき心身共に救われ、また、いろいろチャレンジし、ハーブや、バランスの良い食物の栄養や作用がきっかけで元気になり、食生活改善推進員になることができて栄養、運動、休養の大切さを改めて実感しました。これからも皆さんと共に勉強していきたいと思っております。

参考文献

『からだによく効くスパイス&ハーブ活用事典』ハーブ・香辛料研究会編、吉田よし子指導（池田書店）
『病気知らずの新発見! 〝体の冷え(水分過多)〟を取るとなぜ、病気が治るのか』石原結實著（文化創作出版）
『食生活改善推進員教育テキスト』全国食生活改善推進員団体連絡協議会企画（財団法人日本食生活協会）
『食生活アドバイザー検定二級に面白いほど受かる本』FLAネットワーク著（中経出版）

著者プロフィール

桜 きなこ（さくら きなこ）

1942年、中華民国で生まれ、東京で育つ。
1962年に結婚し、1976年、横浜で居酒屋を開業。
2000年、ハーブ茶、健康茶販売に携わり、2002年には食生活改善推進員に。

趣味
創作健康料理作り　果実酒・ハーブ酒作り
ハーブのいろいろな活用　ガーデニング
カラオケ　日曜大工　愛猫

あっちこっち痛い私に転機～きっかけはハーブ!?

2002年7月15日　初版第1刷発行

著　者　桜 きなこ
発行者　瓜谷 綱延
発行所　株式会社 文芸社
〒160-0022　東京都新宿区新宿1-10-1
電話　03-5369-3060（編集）
03-5369-2299（販売）
振替　00190-8-728265

印刷所　株式会社 平河工業社

ISBN4-8355-4031-X C0095